Le nouvel ami
de Magalie

D1539170

Le nouvel ami de Magalie

Yvan DeMuy

Illustrations de Claude Thivierge

COLLECTION
Le chat & la souris

ÉDITIONS
MICHEL
QUINTIN

Données de catalogage avant publication (Canada)

DeMuy, Yvan

  Le nouvel ami de Magalie

  (Le chat et la souris ; 24)
  Pour enfants de 7 ans et plus.

  ISBN 2-89435-243-3

  I. Thivierge, Claude. II. Titre. III. Collection:
  Chat et la souris (Waterloo, Québec) ; 24.

PS8557.E482N68 2004 jC843'.6 C2004-940224-2
PS9557.E482N68 2004

Révision linguistique: Monique Herbeuval

Le Conseil des Arts du Canada
The Canada Council for the Arts

SODEC
Québec

Patrimoine canadien
Canadian Heritage

La publication de cet ouvrage a été réalisée grâce au soutien financier du Conseil des Arts du Canada et de la SODEC.

De plus, les Éditions Michel Quintin bénéficient de l'aide financière du gouvernement du Canada par l'entremise du Programme d'aide au développement de l'industrie de l'édition (PADIÉ) pour leurs activités d'édition.

Gouvernement du Québec – Programme de crédit d'impôt pour l'édition de livres – Gestion SODEC

ISBN 2-89435-243-3

Dépôt légal - Bibliothèque nationale du Québec, 2004
Dépôt légal - Bibliothèque nationale du Canada, 2004

Éditions Michel Quintin
C.P. 340, Waterloo (Québec)
Canada J0E 2N0
Tél.:   (450) 539-3774
Téléc.: (450) 539-4905
Courriel: mquintin@mquintin.com

1 2 3 4 5 6 7 8 9 0 M L 0 9 8 7 6 5 4

Imprimé au Canada

À Meghan et son papa

Chapitre 1

Réfléchir!

— MAGALIE! Sors de la classe immédiatement et va réfléchir. On aura une discussion plus tard. Une discussion SÉ-RI-EU-SE!

Réfléchir! Réfléchir! Il y a des jours où j'ai l'impression que je ne fais que cela! Habituellement, c'est maman qui m'oblige à aller réfléchir dans ma chambre[1], mais cette fois-ci, c'est madame Anita, mon enseignante, qui m'envoie dans le corridor. Et comme si ce

[1] Voir *Les pissenlits de Magalie*, Éditions Michel Quintin.

n'était pas assez, je vais avoir droit à une discussion SÉ-RI-EU-SE!

Je n'ai pourtant rien à me reprocher… enfin, presque rien!

Chaque semaine, un élève de la classe invite un membre de sa famille à venir nous parler de son métier ou de quelque chose de particulier qu'il fait. Madame Anita appelle cela «une rencontre éducative et une ouverture sur le monde». L'autre jour, par exemple, le papa de Samira est venu nous faire goûter quelques mets de son pays, le Maroc. La semaine dernière, ce fut au tour de l'arrière-grand-maman d'Émile de nous rendre visite. Elle nous a parlé du temps où elle allait à l'école, en 1925. J'étais loin d'être née!

Aujourd'hui, notre invité est monsieur Dubois, le papa de Thomas. C'est un géant! Il doit faire trois kilomètres de long et deux de large! J'exagère à peine! En plus, il a une grosse barbe et une voix de chanteur d'opéra. Impressionnant, ce monsieur Dubois!

— Bonjour, les enfants! Je suis venu vous parler de mon travail. Je suis émondeur. Est-ce que quelqu'un sait ce que fait un émondeur?

Je me suis creusé la tête. Je trouvais qu'émondeur avait une grande ressemblance avec monde.

— Je sais! Un émondeur, c'est quelqu'un qui fait le tour du monde.

Monsieur Dubois et madame Anita se sont mis à rire.

— Non. Un émondeur, c'est une personne qui coupe les branches des arbres et même, parfois, des arbres tout entiers.

Je croyais qu'il blaguait. Cela me paraissait impossible qu'on puisse gagner des sous en coupant les branches des arbres. Et encore moins en coupant des arbres tout entiers! Mais j'ai vite compris qu'il était aussi sérieux que madame Anita lorsqu'elle veut me parler SÉ-RI-EU-SE-MENT!

— J'ai une question pour vous, monsieur Dubois.

— Je t'écoute, Magalie.

— Donnez-moi une bonne raison, juste une, de couper un arbre.

— C'est très simple! Prends l'arbre que l'on voit par la fenêtre, par exemple... Eh bien, à la demande du maire du village, dans deux jours, je vais le couper. Parce que, vois-tu, ses racines ont atteint une conduite d'égout qu'elles risquent d'endommager sérieusement.

— TI-GRIS? MON TI-GRIS?

— Euh... Ti-Gris?

— Oui. Cet arbre s'appelle Ti-Gris et c'est un de mes meilleurs amis.

— Ah! J'ignorais qu'il s'appelait Ti-Gris. Désolé pour ton ami, ma petite Magalie, mais dans deux jours, ton Ti-Gris…

La situation était trop grave pour que je prenne le temps de réfléchir davantage.

— Excusez-moi de vous interrompre, monsieur Dubois, mais vous êtes un hors-la-loi!

RÉCOMPENSE

Monsieur
Dubois

— Pardon?

— Vous avez bien compris. Vous êtes un hors-la-loi! Il y a des lois qui protègent les arbres contre des assassins comme vous, c'est madame Anita qui nous l'a appris l'autre jour.

Madame Anita, l'air très fâché, c'est-à-dire qu'elle était rouge

tomate, est intervenue pour sauver la peau de monsieur Dubois qui, lui, bizarrement, devenait de plus en plus blanc.

— Ça suffit, Magalie!

— Ça suffit, ça suffit… Maman dit toujours que…

— Ta maman dit toujours que tu dois réfléchir avant de parler et que tu dois rester polie.

— C'est vrai qu'elle dit cela, mais…

— Il n'y a pas de mais!

Me voilà donc dans le corridor. Obligée d'attendre la fin de la conférence du «coupeur d'arbres», de réfléchir à mon attitude et à ma façon de parler aux gens. C'est toujours la même histoire!

Couper mon Ti-Gris! Il n'en est absolument pas question. Il est là depuis des années et des années. Il ne fait de mal à personne, et tout à coup, on veut le faire disparaître. Tout ça à cause d'un bout de tuyau. Parole de Magalie, reine du monde[1], ça ne se passera pas comme ça!

[1] Voir *Les pissenlits de Magalie*, Éditions Michel Quintin.

Chapitre 2

Les discussions SÉ-RI-EU-SES!

Quand madame Anita veut me parler SÉ-RI-EU-SE-MENT, c'est que la situation est grave. Très grave, même. Pas question de blaguer un peu ni même de simplement sourire durant cette conversation. Sinon, gare à moi! Madame Anita risque de faire une colère… une grosse colère rouge!

C'est exactement ce qui est arrivé la première fois qu'elle m'a parlé SÉ-RI-EU-SE-MENT. Cette journée-là, j'avais donné la moitié de mon sandwich à Samuel. Pas par gentillesse… par vengeance! Pour le punir de rire continuellement de moi à cause de ma palette manquante. Il criait sans arrêt:

— Magalie a perdu sa dent d'en avant!… Magalie a perdu sa dent d'en avant!…

Qu'est-ce qu'il pouvait être fatigant! J'ai cherché pendant quelques jours une façon de lui faire ravaler ses paroles. J'ai pensé tout d'abord qu'une

bonne gifle le ferait taire, mais j'étais certaine que maman m'enverrait réfléchir dans ma chambre dès mon retour de l'école. Chez moi, il y a une règle d'or : pas de violence.

Sinon c'est : CHAMBRE et RÉFLÉCHIR! Enfin, j'ai trouvé un moyen plutôt original d'empêcher Samuel de dire des sottises : je lui ai offert la moitié de mon sandwich. Un demi-sandwich peu ordinaire : j'y avais inséré un piment très fort. Si fort que j'étais convaincue qu'il en perdrait la parole pour au moins une semaine. Tranquille pendant une semaine! Ça valait le coup d'essayer.

Pauvre Samuel, il a mordu dedans à belles dents. À peine trois secondes et quart plus tard, il était aussi rouge qu'une tomate très mûre. Il a couru à

toute vitesse jusqu'à la fontaine. Il a tellement bu que j'ai cru qu'il allait vider le fleuve à lui tout seul.

Madame Anita était furieuse contre moi.

— Samuel aurait pu être très malade. C'est très dangereux ce que tu as fait.

C'est à ce moment-là que j'ai eu la mauvaise idée de faire un petit sourire en coin. Un petit de rien du tout! Juste pour lui montrer que j'étais fière de mon coup, parce qu'ainsi Samuel n'oserait plus jamais se moquer de mes dents. Eh bien, croyez-le ou non, madame Anita est devenue du même rouge que Samuel! J'ai même failli lui demander si elle aussi avait goûté à mon sandwich au piment fort.

— MAGALIE! Il n'y a rien de drôle. C'est très sérieux ce que je te dis.

J'ai dû m'excuser devant toute la classe et jurer que je ne ferais plus jamais une chose pareille. À la maison, le traditionnel CHAMBRE et RÉFLÉCHIR m'attendait!

Mais aujourd'hui, si madame Anita veut me parler SÉ-RI-EU-SE-MENT, comme elle le dit si bien, c'est à cause de monsieur Dubois, l'impitoyable émondeur.

— Magalie…

— Oui, madame Anita.

— Je trouve que tu es une petite fille très intelligente. Tu as souvent des idées très originales et, de plus, tu t'exprimes avec une facilité déconcertante, sauf que…

Quand les adultes disent « sauf que », c'est qu'il y a un problème.

— ... Tu dois absolument apprendre à le faire de la bonne façon et au bon moment.

— Je sais. Maman me répète souvent de tourner sept fois ma langue dans ma bouche avant de parler. Mais cette fois-ci, la

situation était urgente, alors les mots sont sortis très vite. Mais rappelez-vous, madame Anita, vous avez dit que les arbres sont une richesse naturelle et qu'il y a des lois qui les protègent.

— C'est vrai qu'il y a des lois qui les protègent. Mais tu dois être raisonnable et comprendre qu'il y a des circonstances où l'on ne peut pas faire autrement que de couper les arbres.

— C'est donc la loi du tuyau d'égout qui s'applique alors?

Madame Anita n'est pas tout à fait certaine qu'il existe des lois pour les tuyaux d'égout, mais elle croit qu'en acceptant de

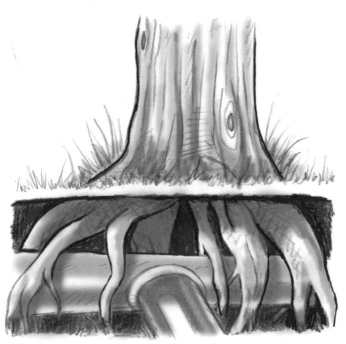

couper cet arbre, monsieur Dubois ne fait que son travail, et que c'est pour le bien de tout le quartier.

Pourtant, à chaque saison, Ti-Gris fait quelque chose pour rendre les gens du quartier heureux. Au printemps, il annonce

le retour de la verdure et ac-
cueille les oiseaux qui arrivent
tout droit du Sud. L'été, il
fait de l'ombre pour madame
Brunelle qui en a grand besoin.
À l'automne, il s'habille tout en
couleur pour émerveiller les
gens et durant l'hiver, il protège
les plus frileux, comme moi, des
vents froids.

Je n'ai pas dit mon dernier
mot. J'ai encore deux jours
devant moi pour trouver un
moyen de sauver la vie de mon
Ti-Gris. Je sais donc ce qu'il me
reste à faire : RÉFLÉCHIR!

Chapitre **3**

Une idée épatante!

Je m'épate moi-même! Grand-papa dit souvent qu'il y a un génie qui fait dodo en moi, et je crois que celui-ci vient de se réveiller!

J'ai d'abord pensé faire circuler une pétition, mais cela aurait été trop long et je n'ai pas une seule seconde à perdre. Une grève de la faim pour protester contre les terribles émondeurs? Ce serait la mort assurée au bout d'une heure! Imaginez, pas de galettes à la mélasse cuisinées par maman! Il ne me restait plus qu'à emprunter une pelle pour transplanter mon arbre favori chez moi. Mais grand-papa était convaincu que mon ami, à cause de sa grosseur, ne survivrait pas à un tel déménagement.

J'ai donc décidé que, dès aujourd'hui, j'allais m'agripper à Ti-Gris de toutes mes forces. Génial, non? Je vais grimper dans mon arbre et y rester des jours et des jours. Pas question

de laisser un seul cruel assassin à la tronçonneuse s'approcher de mon ami. Je dois absolument empêcher ce carnage. Pauvre Ti-Gris, il est incapable de prendre ses racines à son cou et de se sauver en courant. Rien que de le savoir là sans défense contre ces méchants à la hache, ça me fend le cœur en petits morceaux!

Monsieur le maire et monsieur Dubois devront jurer sur mon nez qu'ils ficheront la paix à Ti-Gris. À ce moment-là seulement, j'accepterai de descendre. Pas avant!

J'ai tout prévu. Des couvertures pour les nuits plus froides, deux sacs de biscuits au chocolat, des galettes à la mélasse, cinq bandes dessinées, une lampe de poche pour être certaine que monsieur Dubois ne profitera pas de la nuit pour commettre son crime, et quelques jus de raisin. J'emporte même une photo de maman et de grand-papa Alphonse au cas où je

m'ennuierais trop. Ah oui, j'oubliais! J'ai rédigé un petit contrat pour m'assurer que les assassins d'arbres respecteront leur parole. Ils devront le signer devant moi. Il se lit comme suit:

« Nous, monsieur le maire du village et monsieur Dubois, promettons de ne pas couper une seule petite branche de Ti-Gris. Nous allons même empêcher tous les dangereux émondeurs de ce monde de vouloir faire du mal ou de la peine à Magalie et à son ami. Pour que les racines de l'arbre puissent s'étendre librement, nous nous engageons à déplacer la conduite d'égout afin

de laisser Ti-Gris vivre en paix.
Parole d'honneur! »

Avec ce document en main, j'aurai l'esprit tranquille. Et Ti-Gris aussi.

Chapitre 4

La trouille

Grand-papa est venu me sauver. Encore une fois. Car, voyez-vous, j'ai dû grimper très haut dans mon arbre pour être parfaitement à l'aise. Et quand j'ai regardé en bas, j'ai eu la trouille. Pas vraiment une grosse trouille, mais quand même. Et une fois que la trouille nous tient, on ne peut plus s'en défaire!

C'est madame Anita qui, la première, m'a vue juchée sur Ti-Gris. Elle n'était pas très contente.

— MAGALIE! Descends de là tout de suite. C'est très dangereux. Si tu tombes, tu vas te blesser grièvement.

Comme si je l'ignorais! Mais je ne voulais surtout pas qu'elle s'aperçoive que je claquais des genoux tellement j'avais peur. Alors, j'ai fait ma brave.

— Ne vous inquiétez pas, madame Anita, j'ai l'habitude des hauteurs. Je viens souvent me reposer ici.

Évidemment, rien de tout ça n'était vrai.

— Magalie, cesse tes folies. Descends immédiatement de cet arbre. Je veux te parler SÉ-RI-EU-SE-MENT!

— Pas question, madame Anita. Je ne descendrai que lorsque monsieur Dubois et monsieur le maire auront promis de ne faire aucun mal à Ti-Gris. Pas avant!

Madame Anita était dans tous ses états. Elle est partie en courant chercher du secours. Pendant ce temps, tous les élèves de l'école se sont rassemblés au pied de l'arbre pour voir ce qui allait se passer.

Une demi-heure plus tard, surprise! Grand-papa Alphonse est apparu.

— Magalie?

— Oui, grand-papa.

— J'ai trouvé une solution.

— Ah oui! Ti-Gris aura la vie sauve?

— Pas véritablement, Magalie.

— Comment ça, pas véritablement? Tu viens de dire que tu avais trouvé une solution.

— J'ai parlé au maire du village. Il m'a assuré qu'il n'y avait pas d'autre choix que de couper ton arbre, MAIS…

Quand grand-papa dit MAIS très fort en pointant son index vers le ciel, c'est qu'il a une bonne nouvelle à annoncer.

— … Nous sommes arrivés à un compromis qui, je crois, te consolera de la perte de ton ami.

Sur le coup, j'étais furieuse contre grand-papa. Il semblait d'accord qu'on abatte Ti-Gris.

Mais j'ai pris le temps d'écouter attentivement ce qu'il avait à dire et j'ai compris. Compris enfin que les gens du quartier aimaient Ti-Gris autant que moi et qu'ils avaient eux aussi essayé de lui épargner d'être abattu par l'émondeur avec sa terrible tronçonneuse. Malheureusement, les racines de Ti-Gris

étaient devenues tellement grosses et fortes qu'il était maintenant pratiquement impossible de déplacer la conduite d'égout.

J'ai beaucoup de peine de perdre mon arbre préféré MAIS, comme dit grand-papa, Ti-Gris ne s'en ira pas pour rien. Il laissera un héritage. En effet, grand-papa a demandé à monsieur Dubois de recycler tout le bois de Ti-Gris. Eh oui, au fond, monsieur Dubois les aime bien, les arbres!

Le plan de grand-papa consiste à offrir gratuitement à tous les résidents du quartier des bacs à fleurs pour embellir leur parterre.

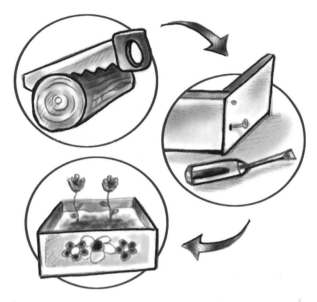

Monsieur le maire, lui, a promis d'en distribuer à tous les commerçants du village. Et attention, j'ai même réussi à le convaincre de faire apposer sur chaque bac un petit écriteau portant «À la mémoire de Ti-Gris». Pas mal, non?! Monsieur Dubois va même fabriquer des cannes pour les personnes âgées dans le besoin, des bâtons de randonnée et, pour les tout-petits, des lignes à pêche.

De cette façon, mon ami Ti-Gris vivra encore longtemps dans le cœur des gens du quartier et, surtout, dans le mien.

Chapitre 5

Un ami pour toujours

Enfin! C'était à mon tour de pouvoir inviter un membre de ma famille en classe. J'avais attendu ce moment avec impatience.

J'ai d'abord proposé la reine du monde comme invitée. Madame Anita a trouvé cela suspect.

— Qu'est-ce qu'elle a fait de particulier, cette reine du monde?

— Plein de choses amusantes, madame Anita. Chaque année, elle sauve des milliers de pissenlits d'une mort certaine. Elle rend de nombreux services à sa gentille maman, elle prend soin de son grand-papa qu'elle adore, mais surtout, elle a des tas d'idées pour rendre heureux les gens autour d'elle.

— Ah oui! Et qui est-ce, au juste, cette reine du monde?

— Euh… C'est moi, madame Anita!

J'ai dû trouver quelqu'un d'autre!

Grand-papa Alphonse a accepté mon invitation avec plaisir.

Il a tellement d'histoires intéres-
santes à raconter. Il aurait pu
nous entrctenir durant des heures et des heures des étoiles dans
le ciel. Il dit qu'il les connaît
toutes par leur petit nom. Il
aurait pu également nous jouer
de la musique en faisant claquer
ses vieilles cuillères en bois et en
tapant du pied. Mon petit doigt

me disait cependant qu'il nous parlerait de sa passion pour les fleurs. Il est capable de les reconnaître sans se tromper, juste à leur odeur. Il a un nez presque magique! Tous les élèves auraient été impressionnés. Mais mon petit doigt s'est trompé!

Grand-papa avait plutôt une surprise pour nous. Il est arrivé avec des grosses boîtes qu'il a déposées délicatement sur le bureau de madame Anita.

— Bonjour, les jeunes. J'ai apporté un petit cadeau pour chacun d'entre vous.

Un cadeau! Nous étions tous assis sur le bord de notre chaise

pour essayer de voir ce que ça pouvait bien être.

— Ceci est à la fois fragile, fort et extrêmement précieux. Vous devrez en prendre soin afin de lui permettre de grandir en santé. De cette façon, il vous sera fidèle et vous protégera tout au long de votre vie.

Les mots se sont échappés de ma bouche!

— J'ai trouvé! C'est un grand-papa!

Ce n'était pas ça! C'aurait pu cependant!

— Ce cadeau fera autant de bien à la terre qu'à vous-mêmes.

Grand-papa nous a alors remis à chacun un tout petit arbre. Si minuscule qu'on appelle ça une pousse d'arbre. C'était tous des érables, comme Ti-Gris. D'ailleurs, c'était Ti-Gris... Eh oui! Grand-papa avait planté des samares de mon arbre préféré! Tous les élèves étaient vraiment contents.

J'ai tenté de persuader maman de me laisser planter mon arbre dans ma chambre.

— Magalie, un arbre, c'est fait pour vivre dehors, pas dans une chambre de petite reine!

— Mais maman, grand-papa a dit que mon nouvel ami avait seulement besoin de bonne terre, d'eau, de soleil, d'un peu d'engrais et de beaucoup d'amour. Je peux avoir tout ça dans ma chambre!

Rien à faire!

Cependant, je vois très bien mon ami par la fenêtre de ma chambre. Avec moi qui veille sur lui, il grandira heureux et en santé, c'est certain!

Table des matières

COLLECTION
Le chat & la souris